Undergiven Fru

Erika Sanders
Serier
Dominans och erotisk underkastelse

Synopsis

Rachel och Roger är ett vanligt par som har varit gifta i tjugo år.

Deras barn går redan på college så de bor ensamma hemma.

Men mannen är inte nöjd med deras sexuella relationer, han tycker att de är tråkiga, så han bestämmer sig för att de ska söka råd från en mycket speciell äktenskapsrådgivare.

Vem är den här äktenskapsrådgivaren som Roger särskilt rekommenderar till sin fru för att förbättra sina ... sexuella tekniker?

Undergiven Fru är en roman med ett starkt erotiskt BDSM-innehåll och i sin tur en ny roman som tillhör samlingen Erotic Domination, en serie romaner med ett högt romantiskt och erotiskt BDSM-innehåll.

(Alla karaktärer är 18 år eller äldre)

Anmärkning om författare:

Erika Sanders är en internationellt känd författare, översatt till mer än tjugo språk, som signerar sina mest erotiska skrifter, långt ifrån sin vanliga prosa, med sitt flicknamn.

Index

UNDERGIVEN FRU
ERIKA SANDERS

DEL ETT:
20 års äktenskap

KAPITEL 1

Det var ännu en natt med intetsägande sex.

Men ingen av dem klagade.

Efter 20 års äktenskap hade sex blivit mer rutin än något annat.

Rachel gick tillbaka till sängen efter att ha tvättat sig mellan benen.

Hon släckte lampan, gick under täcket och lade sig bredvid sin man.

"Det var härligt", sa han.

"Det var det", svarade Roger. "Lite bättre sedan killarna gick på college, eller hur?"

Hon knuffade honom med armbågen.

"Vad hemskt du säger."

"Men du måste erkänna, det är bra att vi inte behöver hålla det tysta längre. Och vi kan lämna dörren öppen."

Rachel tänkte en stund.

"Jag antar det. Men jag saknar dem fortfarande mycket."

"Jag med."

Hon slöt ögonen.

"Godnatt."

"Godnatt älskling", svarade han och kysste hennes panna.

KAPITEL 2

Nästa dag var en typisk arbetsdag för Rachel.

Hon var revisor på en redovisningsbyrå på mellannivå.

Med den senaste ekonomiska tillväxten i centrum hade han mycket arbete att göra för nya kunder.

Vid lunch åt hon med samma grupp kvinnor som hon ätit med de senaste åren.

De pratade om sina vanliga ämnen: skvaller, underhållningsnyheter, familj, deras barn, nya recept, etc.

De var alla bästa vänner och trivdes alltid i varandras sällskap.

Klockan var nästan sex på kvällen när Rachel kom hem.

Rogers bil stod redan på uppfarten.

När han kom in i huset var det särskilt tyst.

Roger brukade snabbt säga "hej".

Hon ropade på honom, men fick inget svar.

När Rachel kom in i köket lindades ett par armar runt hennes kropp bakifrån.

Hennes händer vidrörde hans bröstkorg.

Hon skrek högt.

"OK!" sa han och släppte henne. "Det är jag! Det är jag!"

Han vände sig snabbt om för att se en förbluffad blick i Rogers ansikte.

Han förväntade sig uppenbarligen inte att hans fru skulle reagera så här.

"Gud! Roger! Skräm mig aldrig så igen!"

"Ville överraska dig".

"Hur var det en överraskning?" hon var arg. "Du skrämde mig i dagsljuset. Jag trodde att jag blev attackerad!"

"Förlåt. Jag försökte bara vara romantisk."

"Det finns inget romantiskt med att bli berörd på det sättet."

"Förlåt. Jag kommer inte att göra det igen."

Rachel tog en stund på sig att lugna ner sig.

"Jag menade inte att bli så arg. Det är bara, snälla, ta lite mer hänsyn till dina överraskningar, okej?"

"Vi har aldrig roligt längre. Har du märkt det?"

"Snälla Roger, jag är inte på humör för det här just nu."

"Okej", instämde han besegrad.

Rachel vände sig om och gick till sovrummet för att byta kläder.

Han satte sig upp i sängen och suckade.

KAPITEL 3

Nästa dag.

Rachel satt vid datorn och gjorde sitt redovisningsarbete.

Hans telefon ringde.

Det var hennes man.

Hon svarade på samtalet och när Roger sa till henne att det var viktigt sa hon att hon skulle vänta ett ögonblick medan han gick ut för att få mer avskildhet.

Han undrade vad samtalet kunde handla om.

Roger ringde sällan när hon var på jobbet.

Han antog att det inte kunde bero på deras bråk igår, för han hade redan fixat det samma kväll.

"Ja?" Han sa när han var utanför, borta från de andra arbetskamraterna.

"Låt oss ta en tur nästa vecka", svarade han rakt ut. "Det finns en lugn plats där vi kan gå nära kusten."

"Jag kan verkligen inte. Det är väldigt upptaget med mitt arbete just nu."

"Min är också så här. Men vi kan få plats. Vi kan åka nästa fredag och stanna över helgen. Ta bara en ledig dag från jobbet."

"Men det finns inget behov av detta", svarade hon och försökte resonera med honom. "Jag är inte arg på dig. Klarade vi inte det igår kväll?"

"Det handlar inte om gårdagen. Det handlar om vårt äktenskap."

De orden skickade en fullständig chock ner för Rachels ryggrad till hennes fötter.

Hon hade alltid antagit att deras äktenskap var starkt och att det gav Roger allt han någonsin önskat sig i en fru.

"Är vårt äktenskap i trubbel?" hon frågade.

"Prata inte så. Men det finns ett sätt att göra vårt äktenskap...bättre..."

Ytterligare en signal gick nerför hennes ryggrad.

"Vad handlar den här resan om?"

"Jag tror att det finns någon som kan hjälpa oss."

"En äktenskapsrådgivare?" frågade hon förvånat.

Han stannade ett ögonblick.

"Ja. Något sådant. En äktenskapsrådgivare."

"Vi har det inte så illa, eller hur? Jag tänkte...jag trodde..."

röst höll på att kvävas och hennes ögon blev vattnade.

"Vi har det inte alls dåligt", svarade han och försökte lugna henne. "Men jag tror att vi kan förbättra. Det här är något jag har funderat på ett tag."

"Bra. Om du tycker att det är bäst."

"Tack, älskling. Förlåt att jag ringde dig på jobbet. Det är en sista minuten-grej. Hon hade en sista minuten-öppning i sitt schema och ville dra nytta av det."

Rachel höjde på ögonbrynet.

"Hon? Är kuratorn en kvinna?"

"Ja."

"Vad vet du om den här personen? Varför behöver vi resa så långt för honom?"

"Jag ska förklara senare. Men hon har ett unikt rykte. Och jag tror att hon kommer att göra underverk för oss."

"Om det är vad du vill, så bra."

"Jag är glad att du är öppen för det här. Vi diskuterar detaljerna ikväll."

"Okej, hejdå ."

"Hejdå."

Samtalet avslutades och Rachel blev chockad med sin telefon i handen.

En bomb hade fällts över henne, men hon insåg att hon skulle göra vad som helst för att hålla sitt äktenskap starkt.

KAPITEL 4

Flera dagar senare.

Rachel stod i rummet och vika kläder för nästa resa.

Hon visste att vädret skulle bli varmt, så hon packade t-shirts, shorts, sandaler och baddräkter som Roger sa åt henne att ta med eftersom de skulle vara nära stranden.

Hon ville inte gå, inte bara för att idén skulle kosta dem tusentals dollar, utan för att hon behövde tillbringa mycket tid på jobbet, och den här förlorade dagen skulle bli en dag hon skulle behöva ta igen .

Men om detta var det som var bäst för deras äktenskap, så ville han inte bråka om det.

Det som störde honom mest var att Roger var ovanligt sparsam och vag i frågan om äktenskapsrådgivning.

Under alla sina äktenskapsår hade de alltid varit öppna med allt.

Det hade aldrig funnits hemligheter.

Det fanns aldrig några lögner.

Det var därför deras äktenskap var så framgångsrikt.

Tills nu...

Hon tillbringade mycket tid med att undra varför Roger ville träffa en kurator.

Vad är det för fel på vårt äktenskap?

Jag trodde att allt var bra.

Jag trodde att allt var perfekt mellan oss.

Är det sexet?

Är jag inte tillräckligt bra längre?

Vill du ha någon annan?

Har han en affär?!

Resväskan var nästan full.

Allt som återstod att lägga i var baddräkten.

Det låg ett gammalt par i hans garderob.

Som hon inte använt på flera år.

Han klädde av sig framför spegeln.

Hon tittade på hans nakna kropp.

De lätta linjerna i ansiktet hade vuxit.

Hennes bröst, som tidigare var väldigt pigg, hade börjat sjunka.

Hans höfter blev tjockare trots de aeroba övningarna.

Det är verkligen inte konstigt att Roger vill träffa en kurator.

Hon tog på sig sin baddräkt och poserade framför spegeln med den.

Detta kommer att glädja dig.

I det ögonblicket kom Roger ut från sitt hemmakontor och gick fram till Rachel med en rynka pannan i ansiktet.

"Vad händer?" frågade hon, fortfarande i sin baddräkt.

"Jag har precis ringt med min chef. En av våra kunder har precis fått en stämningsansökan på flera miljoner dollar. Jag kan inte åka på den resan längre."

Hon mötte hans ögon och visste att Roger talade sanning.

En stråle av hopp passerade Rachels sinne.

Hon var glad att resan troligen blev inställd.

"Det är synd", svarade hon. "Betyder det att resan är inställd?"

"Det är ingen idé att ställa in hela resan eftersom jag redan har betalat för flygen och rådgivningsarrangemangen. Du borde åka ensam."

Hon var överraskad.

"Vill du att jag ska träffa en äktenskapsrådgivare ensam? Vad är poängen med det?"

Suckan.

"Rachel, jag älskar dig så mycket. Jag älskar dig mer än något annat. Du är mitt livs kärlek."

"Åh gud, du har en affär. Är det inte? Det finns någon annan, eller hur?"

"Nej, det är inget sådant", sa han med eftertryck. "Jag skulle aldrig vara otrogen mot dig. Jag har aldrig gjort det, och det kommer jag aldrig att göra."

"Så vad händer? De senaste dagarna har du varit väldigt undvikande inför den här resan. Du har aldrig varit så reserverad förut."

Han suckade igen och skakade på huvudet.

"Jag är ledsen. Jag har inte varit helt ärlig mot dig. Jag är väl inte så modig som jag trodde."

"Säg mig vad är det?"

"Litar du på mig?"

"Självklart har du det. Om du har en affär, berätta bara för mig. Vi kan lösa det."

"Jag har ingen affär Rachel. Men jag tror att det måste ske förändringar i vårt äktenskap."

"Är jag inte tillräckligt bra längre?" hon frågade.

"Sluta säg sådana saker. Du är min fru. Jag älskar dig mer än något annat."

"Varför är du då inte ärlig mot mig?" krävde.

Han skakade på huvudet.

"Jag försöker vara ärlig. Men jag kan inte. Det här är inte lätt. Tro mig, jag önskar att allt var lätt."

"Jag förstår dig inte längre, Roger."

En sorg dök upp i hans ansikte.

"Kan du lova mig att du fortfarande kommer att gå? Jag vet att det är svårt att lämna så här, men jag skulle inte fråga dig om jag inte trodde att det kunde hjälpa till att rädda vårt äktenskap."

"Tror du att vårt äktenskap behöver räddas?" frågade hon med tårar i ögonen.

"Snälla gör inte det här svårare, Rachel. Kan du lova mig att du går ensam? Jag vill att du träffar rådgivaren och lyssnar på vad hon har att säga. Lyssna bara, och om du inte gillar det, då kom hem. Snälla . " , jag ber dig".

Tårarna rann redan nerför hennes ansikte.

Rachel drunknade i dem och kunde knappt tala.

Sedan lade hon armarna om sin man och gav honom en stor, kvävande kram.

Han skulle inte förlora sitt äktenskap så kostnaden spelade ingen roll.

DEL TVÅ:
Lady Samantha och frun

27

KAPITEL 5

Rachel såg en väl lämpad man efter att ha lämnat flygplatsterminalen med sitt bagage.

Mannen höll i en skylt med hans namn på.

De talade och bekräftade bådas identitet.

Hon satte sig i sin lyxbil för en trettio minuters bilresa tills de nådde sin destination.

Hon förväntade sig att komma till en kontorsbyggnad.

Men han blev förvånad över att se att destinationen faktiskt var ett stort hus nära stranden, som mer såg ut som en herrgård.

Ägaren till stället var en mycket rik person.

Och ägaren var definitivt inte din genomsnittliga äktenskapsrådgivare.

Bilen stannade på uppfarten.

Föraren gick till bagageutrymmet för att hämta bagaget.

I det ögonblicket öppnades ytterdörren till herrgården vid stranden och en lång, statysk kvinna klev ut.

Hon såg fantastisk ut, i trettioårsåldern, med långt vågigt hår och en modellkropp.

"Du måste vara Rachel", log kvinnan. "Jag har hört underbara saker om dig."

"Det är jag. Och det är du?"

"Samantha. Välkommen till mitt hem."

De två kvinnorna skakade hand hjärtligt.

"Vilket vackert ställe. Jag hade verkligen inte förväntat mig något liknande."

"De flesta gör det inte. Det är synd att din man inte kunde komma."

"Känner du min man?" frågade Rachel.

"Jag reser mycket med min far i affärer och har träffat din man flera gånger. Men vi kan prata mer om det senare. Jag är säker på att du är utmattad. Låt mig visa dig till ditt rum först."

Samantha ledde Rachel och chauffören uppför trappan till den stora herrgården till gästrummet.

Chauffören lade in bagaget i sovrummet och gick sedan.

Rachel var i ett konstant tillstånd av förundran när hon stirrade på herrgården.

Hon kunde inte lista ut hur mycket det hela skulle vara värt.

"Jag låter dig duscha och vila", sa Samantha. "Handdukarna finns i samma badrum. Kom till stranden runt sex på kvällen. Vi kan titta på solnedgången tillsammans och ta lite färsk fruktjuice."

"Det låter jättegott".

Samantha log.

"Vi ses då".

KAPITEL 6

Rachel tog en kalldusch och slappnade av.

Gästrummet i huset var bättre än något rum på något tjusigt hotell han någonsin bott på.

Allt var ren lyx och klass.

Han undrade vad Roger hade planerat.

* * *

Sex på kvällen anlände och Rachel kom ner, vardagligt klädd för det varma vädret de var i.

Han gick ut till stranden och fann att utsikten var vacker.

Hon hade glömt hur vackert havet kunde vara, särskilt under en solnedgång.

Han såg Samantha stå där och beundra utsikten över havet.

"Du är så lyckligt lottad att kunna njuta av det här varje dag," sa Rachel.

"Verkligen."

"Så vad exakt gör du här?"

"Vad sa Roger till dig?"

"Inte mycket, tyvärr. Bara att du är någon sorts äktenskapsrådgivare. Men sett ut så är jag inte helt säker på att det är så längre."

"Jag gör olika saker," svarade Samantha. "Jag gör en del fastighets- och utvecklingsarbete för min fars räkning. Men jag gör också tjänster för människor. tjänster som jag verkligen tycker om att ge."

"Vad? Äktenskapsrådgivning?"

Samantha visade ett vackert leende.

"Det kan du också säga."

"Varför är alla så vaga om detta? Finns det en hemlighet jag inte borde veta?"

"Om du vill veta sanningen så har jag hjälpt många par genom åren. Jag bryr mig inte om pengar. Jag gör det för nöjes skull. Jag tycker om att hjälpa."

"Och exakt hur hjälper du dessa par?" frågade Rachel .

"Hur tänker du? Vad är grunden för en bra relation?"

"Kärlek", svarade Rachel.

"Sex", blinkade Samantha. "Jag hjälper par att få sex att fungera för dem."

Rachel var chockad till innersta kärnan, men hon lät inte ansiktet visa det.

Hon blev förvånad över att hennes älskade man sedan tjugo år tänkte på det när han berättade om henne.

"Så du är sexterapeut?"

"Jag gillar egentligen inte etiketter", svarade Samantha. "Men jag kan mycket om sex. Jag vet vad folk gillar och hur det kan förbättras. Det är en naturlig talang jag har."

"Jag tror inte att det här är rätt för mig. Tack för den vänliga gästfriheten, men jag borde gå. Jag hinner med nästa flyg hem."

"Du har precis kommit".

"Jag vet men..."

"Roger varnade mig för att du skulle vara orolig för det här."

"Har du legat med honom?" frågade Rachel rakt av.

"Nej. Lita på mig, din man är en trogen man. Jag tog bara en titt på honom och visste att hans sexliv var allvarligt bristfällig. Så när jag hittade en möjlighet i mitt schema gav jag din man ett erbjudande."

Rachel spände ögonen.

"Ja, i utbyte mot flera tusen dollar av min mans pengar, eller hur?"

"Som jag sa, pengar betyder ingenting för mig. Se dig omkring, jag behöver inte din mans pengar. Men om jag inte tar betalt för folk, kommer jag att ha en lång rad män som väntar utanför min dörr för gratis service. " ."

"Tja, tack för gästfriheten. Jag vill inte slösa bort din tid. Det här är inte för mig. Jag tar nästa lediga flyg."

Samantha nickade.

"Det är fullt förståeligt. Du kan stanna här så länge du vill. Min chaufför tar dig när du vill. Jag ska betala tillbaka din man så snart som möjligt."

"Tack."

"Lycka till med ditt äktenskap," sa Samantha och vände tillbaka sin uppmärksamhet mot den nedgående solen.

Rachel stannade en lång stund.

"Vad vet du om mitt äktenskap?"

"Din man ville ha det här av en specifik anledning. Så jag vet att ditt sexliv måste vara otroligt tråkigt och monotont."

"Det finns mer med äktenskap än bara sex. Vi älskar varandra. Vi är fantastiska partners i livet."

"Fortsätt berätta det för dig själv", svarade Samantha. "Din man känner uppenbarligen att något saknas i ditt förhållande. Men om du tycker att allt är perfekt, gå gärna därifrån."

Rachel tog ännu en lång paus.

"Om jag stannar här, menar jag, under de närmaste dagarna, vad kommer att hända? Vad ska jag göra här?"

"Om du stannar kommer jag att lära dig glädjen med dominans och underkastelse. Det är min specialitet. Någon som Roger behöver känna att han är mannen i förhållandet. Jag kan lära dig hur man servar honom på rätt sätt."

"Det låter lite grovt."

"Sex är rått. Men det är också vackert. När fick du senast en fantastisk orgasm? Den sorten som lämnar en pöl mellan dina ben."

"Jag kommer inte ihåg", svarade Rachel. "År. Kanske mer."

"Stackaren. Men jag kan fixa det. Äldre kvinnor, särskilt fruar, är en specialitet för mig."

"Vi kommer inte att... du vet..."

"Det kommer vi. Vi kommer att göra allt tillsammans."

"Jag kan inte göra det", svarade Rachel. "Det är galet. Jag har aldrig gjort något med en annan kvinna förut."

"Tänk på det här som en lärorik erfarenhet. Dessutom är det inte tokigt om din man tycker att det är fördelaktigt."

"Du är verkligen väldigt exalterad över hela det här projektet."

Samantha log.

"Det borde du också vara."

"Vad nu då?"

"Nu går jag in igen för att göra mig i ordning för middag. Min kock gör något gott. Om du vill stanna, gå med mig på middag. Om du vill gå, prata med min chaufför."

"Jag vill stanna."

"Middagen borde vara klar snart. Vi kommer att lära känna varandra bättre. I morgon börjar det roliga."

Samantha visade ännu ett leende fyllt av tips.

Sedan vände han sig om för att gå in i sin stora herrgård.

KAPITEL 7

Nästa dag.

En liten del av personalen serverade dem frukost utomhus.

Allt sköttes ordentligt.

All mat var nylagad.

De två kvinnorna njöt av varandras sällskap när de åt frukost.

"Jag kan verkligen vänja mig vid det här," skämtade Rachel.

Samantha blinkade åt honom.

"Vem brukar laga mat hemma hos dig? Jag antar att det är du. Du verkar vara en väldigt tam kvinna."

"Jag är uppfostrad på gammaldags vis. Jag kommer från en lång rad av kvinnor som vistas hemma."

"Typiskt. Du har den där klassiska konservativa looken."

"Jag hör det mycket," Rachel ryckte på axlarna. "Men av goda skäl. Jag älskar att ta hand om min familj. Jag älskar att vara den perfekta mamman och frun för dem."

Samantha nickade.

"Jag är säker på att Roger uppskattar allt du gör i huset."

"Det gör det," svarade Rachel. "Jag är väldigt lyckligt lottad som har honom. De flesta män uppskattar inte det arbete som deras fruar gör för dem."

"Roger belönar dig? Låter han dig suga hans kuk?"

"Förlåt?"

"Låter Roger dig suga hans penis när du har varit en bra tjej?"

Rachel blev chockad av det otrevliga snacket under frukosten, särskilt inför personalen.

Uppenbara samtal om sex hade alltid tyckts vara i dålig smak för honom.

"Jag tror inte att det är din sak", svarade Rachel.

"Är det inte rätt? Jag trodde att du ville ha min hjälp."

"Jag antar, men..."

"Var ärlig . Vi är båda vuxna kvinnor. Och min personal är väldigt diskret. Jag försöker bara hjälpa dig."

Rachel gav en liten suck.

"Jag gör det för honom, bara ibland. Jag gillar inte riktigt att göra det."

"Så vad handlar ditt sexliv med Roger om? Klättrar han ovanpå dig, ger dig några svängningar och kommer sedan?"

"I grund och botten."

Samantha nästan skrattade.

"Det är inget bra sexliv. Låter mer som en formalitet."

"Det fungerar för oss."

"Självklart inte. Roger vill ha dig här av en anledning. Jag hatar att berätta nyheterna för dig, men Roger är en kåt normal kille. Han älskar sex. Och han älskar att få avsugning. Men han är för blyg för att be sin vackra lilla fru om gynnar extra".

"Du är förmätet."

Samantha höjde på ögonbrynet.

"Är jag det? Har Roger någonsin tackat nej till sex? Ser han ut som en gymnasiepojke varje gång du suger hans kuk? Du vet att jag har rätt. Alla män är likadana när det kommer till sex."

"Det är inte så jag är uppfostrad", sa Rachel efter en lång paus. "Du har förmodligen rätt när det gäller Roger. Men jag vet bara inte hur jag ska behaga honom längre."

Samantha knäppte med fingrarna och någon från personalen tog fram en sexleksak på ett silverfat.

Samantha plockade upp den och personalen gick.

Den köttfärgade sexleksaken var formad som en mans penis.

"Det är fantastiskt hur realistiska dessa vuxna leksaker har blivit," sa Samantha och höll upp den i förundran.

Även om de var ute i det fria verkade Samantha inte ha något emot att hålla i en dildo.

Rachel kände sig lite obekväm, trots att ingen annan var i närheten.

"Är du inte rädd att någon kan gå förbi och se dig med det på?" frågade Rachel.

"Det är helt lagligt att ha en sexleksak i staten."

Rachel nickade fåraktigt.

"Du har rätt."

"Det är inget fel med att kyssa en heller."

"Vad menar du?"

Samantha vickade lite på dildon.

"Fortsätt och ge honom en liten kyss."

"Därför att?"

"Jag är nyfiken på hur du ser ut med en penis i munnen."

Rachel såg nervös ut när Samantha gav henne dildon, som var riktad mot hennes ansikte.

Hon trodde att det skulle vara meningslöst att bråka.

Hon var gäst i ett lyxigt hus.

Hon visste att det skulle vara oförskämt att tacka nej till begäran.

Hon lutade sig framåt över bordet och kysste dildons huvud.

"Öppna nu dina läppar," sa Samantha. "Ta in honom."

Rachel kände sig obekväm, men hon gjorde det ändå.

Hon släppte in sexleksaken i munnen.

Samantha började trycka och dra in dildon i Rachels mun för att simulera oralsex.

"Är det allt?" sa Samantha och tittade uppmärksamt på. "Sug det. Allt sånt. Låtsas att det är Rogers."

Att höra dessa ord tände en eld i Rachel.

Hon sög hårdare, snabbare och hårdare .

Hon började faktiskt utföra oralsex till dildon.

Innan Rachel kunde fortsätta tog Samantha bort dildon ur munnen och Rachel lutade sig bakåt i sitt säte.

"Inte illa," sa Samantha. "Men dina avsugningskunskaper skulle kunna behöva förbättras. Vi kommer att arbeta med det senare. Jag tror att Roger kommer att bli väldigt glad när du kommer hem."

"Jag hoppas det," rodnade Rachel.

Samantha log.

"Vi har en lång dag med träning framför oss. Låt oss avsluta vår frukost och göra det bästa av vår tid."

De åt sin frukost igen.

Rachel tittade ner på sin mat, men hon tänkte fortfarande på Samanthas sista ord.

Träning? Vad fan menade han med det?

KAPITEL 8

Samanthas sovrum bestod av ett stort och rymligt område.

Och det var enkelt men elegant.

Möblerna verkade rustika och dyra.

Balkongen var öppen och hade en perfekt utsikt över havet.

"Hennes man berättade för mig din storlek och dina mått," sa Samantha. "Så jag gick vidare och köpte en ny garderob till dig."

Det låg en resväska mitt i rummet.

Samantha öppnade den för att avslöja en mängd kläder, de flesta ganska avslöjande, och en mängd underkläder.

Rachel var chockad.

"Är det här allt för mig?"

"Allt i den resväskan är till dig. Jag har också köpt ett nytt sminkkit till dig."

"Vad är det för fel på mitt smink?"

"Ingenting, om du är revisor," svarade Samantha. "Men om du vill ge din man en konstant boning, då måste du jobba lite hårdare."

"Roger gillar det som jag gillar det."

"Du är en väldigt vacker kvinna. Jag är säker på att Roger tycker att du är den vackraste kvinnan i världen. Men ibland vill män bara ha en smutsig hora i sovrummet. Det är fakta."

Rachel gjorde en paus.

"Jag är inte precis en ung kvinna längre."

"Det är absolut inget fel på kvinnor i din ålder. Alla älskar äldre kvinnor. Jag älskar äldre kvinnor."

"Så vad gör vi?"

"Det är bra att vara en ordentlig, primitiv hemmafru. Men det är också bra att vara en smutsig liten slampa i sovrummet då och då. Det är vad jag ska lära dig."

Rachel tog ett djupt andetag.

"Bra. Jag ska hålla ett öppet sinne för vad du än har att säga."

"Bra. Klä av dig nu."

"Förlåt mig?"

"Bli naken. Ta av dig kläderna. Alltihop."

"Därför att?"

"Jag trodde att du sa att du hade ett öppet sinne," sa Samantha med ett höjt ögonbryn. "Om du vill ha min hjälp, lyssna då på vad jag har att säga."

Det var redan klart för Rachel att att bråka med Samantha aldrig var en vinnande strategi.

Hon tog ett djupt andetag för att samla sitt mod och tog tveksamt av sig sina kläder, vek försiktigt varje föremål och placerade det på den närliggande sängen.

Det var lite pinsamt för Rachel att vara naken framför Samantha, eftersom hennes kropp åldrades och Samantha var väldigt ung och vältränad.

Men Rachel sa till sig själv att det var som att klä av sig inför doktorn.

Samantha hade förmodligen sett massor av nakna kvinnor i hennes ålder.

Hon har sett allt.

När den här resan är över kommer jag aldrig behöva träffa henne igen.

Så vem bryr sig om hon ser mig naken?

Hon tog av sig alla kläder och till slut var Rachel helt naken inför en mycket yngre och attraktivare kvinna.

"Väldigt feminint och vackert," sa Samantha med en aning när hon nickade.

"Så du tycker?"

"Som jag sa, jag älskar äldre kvinnor. Och jag älskar hemmafruar. Jag tycker att du är extremt attraktiv."

Rachel ryckte på axlarna.

"Och vad händer härnäst?"

"Följ mig."

Samantha ledde Rachel till byrån.

Rachel satt framför den stora spegeln och ett bord fullt med skönhetsprodukter från kända märken.

De tittade båda på Rachels topplösa reflektion i spegeln.

Sedan använde Samantha en fuktig servett för att torka av Rachels smink tills hennes ansikte var rent.

Rynkorna och ålderslinjerna i Rachels ansikte hade blivit tydligare.

"Du har en så naturlig skönhet, Rachel. Du är så vacker."

"Tack."

"Men vi är inte intresserade av snyggt just nu," sa Samantha. "Vi är intresserade av sexigt. Är du redo för det, Rachel?"

"Jag tror det."

"Låt oss börja."

Samantha gick direkt till jobbet med att applicera kosmetika.

Hon skiktade skickligt rouge, ögonskugga, mascara, eyeliner och en ljus nyans av rött läppstift.

Sekund för sekund såg den anständiga hemmafrun hur hennes utseende förändrades.

När hon var klar kunde Rachel knappt känna igen sig själv.

"Vad sägs om?" frågade Samantha, stolt över sitt arbete.

"Det ser... det ser... intressant ut..."

Samantha klappade kvinnans axlar.

"Du kommer att vänja dig. Kom bara ihåg, det här är bara för dig och Roger. Ingen annan."

"Jag förstår."

"Nu, låt oss klä på dig, okej?"

Rachel reste sig och följde efter Samantha in i det stora rummet.

Samantha sträckte sig in i resväskan och drog fram en tunn röd dräkt.

"Prova det här," sa Samantha. "Och se dig i spegeln."

Rachel tittade på sin nakna reflektion i spegeln när hon tog på sig sin mantel.

Den var knapphändig, tunn och liten.

Framför allt var det halvtransparent.

Färgen på hennes bröstvårtor och könshår var helt synliga.

"Det är lite avslöjande, tycker du inte?" Rachel sa högt vad som var uppenbart.

"Det är tanken. När du är hemma vill jag att du alltid ska ha den här för Roger. Det kommer att bli ett lyckligare äktenskap."

"Vill du att jag ska vara praktiskt taget naken hela tiden?"

"Tänk på det, skulle Roger argumentera med dig medan dina bröstvårtor är exponerade?"

"Det är verkligen ett roligt sätt att se på saker", svarade Rachel med ett fniss.

Samantha log.

"Jag har hjälpt många par genom åren. Lita på mig, jag vet vad jag pratar om."

De två kvinnorna log lekfullt mot varandra innan hon provade fler outfits.

KAPITEL 9

Senare samma dag.

Rachel var i ett tillstånd av djup avslappning.

Jag var i sparummet, ensam med en utbildad massör.

Hans sinne drev iväg när hans rygg fick en expertmassage.

Det var lycka.

"Jag är glad att du har roligt", sa Samantha och gick in i spaet.

"Det här är himlen."

"En bra massage är alltid himmelskt. Ledsen att jag avbryter, men jag ringde precis med min pappa. Något hände."

Rachel satte sig upp för att lyssna på nyheterna.

Hennes bröst visade sig, men hon brydde sig inte.

"Allt är okej?" hon frågade.

"Allt är bra. Men min pappa äter en viktig middag med flera av sina affärspartners, och han vill att jag ska gå med honom. Han vill ha mig i slingan. Dessutom är jag bra på att underhålla gäster."

"Jag borde gå?" frågade Rachel och fruktade i hemlighet det värsta.

"Nej, nej. Men jag är inte säker på när jag kommer tillbaka, så gör dig bekväm i mitt ställe. Jag har redan instruerat personalen att förbereda en god middag åt dig. Gör vad du vill efteråt. Det finns böcker, filmer, musik, vad du vill. Min personal hjälper dig med allt du behöver."

"Tack, du är väldigt snäll."

Samantha höjde på ögonbrynet.

"Om du är på humör för något lite mer provocerande, testa då DVD-samlingen i mitt rum. Vem vet, du kanske ser något du gillar."

"Jag ska ha det i åtanke", svarade Rachel, osäker på hur hon skulle tolka tipsen.

"Ha kul. Jag ska försöka komma tillbaka snart."

"Du har en god natt."

Samantha gav ett busigt leende och gick.

KAPITEL 10

Samma natt.

Den lyxiga herrgården såg lite tråkig ut utan sin ägare.

Efter en tidig middag tittade Rachel på solnedgången och utforskade huset ännu en gång.

Han tog en titt på vad han hade för sin hemmabio och musiksamling, men ingenting intresserade honom egentligen.

Nu tittade han på tv i vardagsrummet.

Nyheten var det enda som intresserade honom.

Han undrade hur Roger mådde.

Hon undrade om Roger skulle sakna henne.

Tristessen kom.

Klockan var elva på natten och Rachel bestämde sig för att gå och lägga sig.

På väg till sitt rum gick hon förbi Samanthas rum.

Dörren stod vidöppen.

Erbjudandet att titta på hennes privata DVD-skivor var fortfarande i Rachels sinne.

Varför inte?

Hon bjöd in mig till sitt rum för att titta.

Rachel gick in i sovrummet och gick till den stora tv:n.

DVD-skivor var inte svåra att hitta.

Det fanns mer än 200 DVD-skivor , uppskattade han.

Alla DVD-skivor var hemgjorda.

Varje DVD hade ett namn skrivet på sig, tillsammans med ett datum.

Rachel slog på TV:n och DVD-spelaren.

Hon valde en slumpmässig DVD med titeln: Joseph 03-07-2018

DVD-skivan startade och Rachel satte sig upp i sängen.

Hon blev chockad över vad hon såg.

En naken man dök upp på skärmen.

Han var medelålders och i normal form.

Han hade ansiktet som en framgångsrik affärsman.

Hans penis var liten och slapp.

Han såg blyg ut.

Han tittade direkt in i kameran.

Han stod i ett gästrum.

Mannen uppgav sitt namn, ålder och att hans yrke var fastighetsutvecklare.

Scenen kändes väldigt konstig och gjorde Rachel extremt obekväm.

Jag kunde inte förstå varför Samantha skulle ha en sådan DVD.

Rachel reste sig och höll på att stänga av DVD:n när hon plötsligt hörde Samanthas röst komma från TV:n.

Han började beställa den nakna mannen.

Rachel satte sig tillbaka för att fortsätta titta.

Den nakna mannen på skärmen strök sig.

Hans lilla penis blev lite större och stelare.

Mannen knäböjde när Samanthas röst befallde honom att göra det.

Samantha dök upp på skärmen och Rachel flämtade nästan.

Samantha dök upp i videon klädd i en tight läderkorsett och visade upp sina armar och ben.

Det fanns en lång dildo fastspänd mellan Samanthas ben som måste ha varit minst åtta tum lång.

Samantha stod framför den knästående mannen, och mannen började suga på penis i bältet med entusiasm.

Allt Rachel kunde göra var att stirra nästan i chock.

Hon var totalt misstrodd att Samantha skulle göra något sådant med en man.

Hans instinkter sa åt honom att stänga av DVD:n, men han kunde inte.

Skärmen hade blivit hypnotisk.

I videon beordrade Samantha mannen att ställa sig upp och luta sig över sängen.

Han gjorde det med entusiasm.

Samantha applicerade sedan en stor mängd glidmedel på sexleksaken och placerade sig bakom mannen.

Rachel flämtade när hon såg Samantha komma in i mannen.

Det var allt Rachel kunde ta.

Han reste sig och stängde av DVD:n.

När hon satte tillbaka DVD:n på sin plats i samlingen såg hon en annan video märkt Anna 2019-05-23.

Den spelades in för bara några månader sedan och huvudpersonen ska ha varit en kvinna.

Rachel var nyfiken, och hon satte in videon och satte sig tillbaka på sängen.

Videon visade en mogen, naken kvinna.

Kvinnan var i början av femtioårsåldern.

Uppenbarligen en hemmafru.

Videon togs också i samma rum, men den här gången höll Samantha kameran och pratade med hemmafrun.

Samantha beordrade kvinnan att gå på knä och krypa in i Samanthas fitta.

Kvinnan utförde sakkunnigt oralsex på Samanthas renrakade fitta.

Rachel var överväldigad av lust efter att ha sett Samanthas privata hemgjorda sexband.

Han hukade sig ner och rörde vid sig själv medan han tittade på.

Hon började leka med sin fitta.

Lesbianism och underkastelse var aldrig hennes fantasier, men det var något fascinerande med Samanthas hemmavideor.

Rachel fortsatte att gnugga sin fitta tills videon tog slut.

Sedan spelade han upp en annan video, den här gången av ett par.

Tiden flög iväg och Rachel hade redan sett några fler videor.

Hon kom kraftfullt och tittade på hemmagjord porr.

Det var länge sedan hon kände en så bra orgasm.

Hon slöt ögonen för att vila en stund.

* * *

Rachel vaknade av att ett finger gnuggade hennes hud.

Hans ögon vidgades.

Det var fortfarande natt.

Hon tittade upp och såg Samantha stå över henne med ett leende på läpparna.

"Jag ser att du har njutit av min samling," log Samantha.

Rachel täckte snabbt över sin fitta.

"Åh gud. Jag är så ledsen. Jag måste ha somnat."

"Det finns inget att vara ledsen för. Du hittade något du gillar. Nu är vi redo för nästa steg."

Båda kvinnorna tittade in i varandras ögon.

Det blev en kort stunds tystnad mellan dem.

Och det fanns också en tyst förståelse för att saker och ting skulle bli mycket mer intressanta.

DEL TRE:
Slaveri är vårt nöje

49

KAPITEL 11

Frukosten var nästan besvärlig nästa morgon för Rachel.

Det var första gången i hennes liv som hon åkte fast för att onanera.

Jag hade en känsla av skam och obehag.

"Du måste ha många frågor," sa Samantha.

"Något."

"Var inte blyg. Låt oss lyssna på dig."

"Vad exakt gjorde du i de här videorna?" frågade Rachel.

"Olika människor har olika fetischer. Det är ett faktum för mänsklig sexualitet. Jag tillhandahåller helt enkelt en tjänst för dessa fetischer."

"Är du någon sorts dominatrix, eller vad du nu kallar det nuförtiden?"

Samantha log.

"När jag vill vara det. Eller om någon behöver min hjälp."

"Kallar du det hjälp?" frågade Rachel och höjde på ögonbrynet.

"Självklart gjorde jag det. Såg du hur mycket de människorna kom?"

Rachel kände sig plötsligt blyg.

"Var du...umm..."

"Fortsätt. Fråga bara. Jag tänker inte bita."

Rachel tog ett djupt andetag.

" Tänkte du på att göra någon av de här sakerna mot mig eller Roger? Var det planen hela tiden? Vill Roger bli sodomiserad av en strap-on? Vill han se mig utföra oralsex på en kvinna?"

"Det är de stora frågorna, eller hur?"

"Ska du ge mig ett svar?"

Samantha tog en lång, dramatisk paus när hon drack den färskpressade juicen.

"Svaret är detta", svarade Samantha. "Din man har ingen aning om vad han vill. Han vet att han vill ha ett bättre sexliv. Han vet att han inte vill ha sex med en känslolös kvinna varje vecka."

"Roger kallade mig en känslolös kvinna?" frågade Rachel med sårade känslor.

"Inte med de orden. Men utifrån hur han beskrev sitt sexliv kan du lika gärna vara känslolös."

"Så vad tror du att Roger vill? Att jag ska vara undergiven som kvinnorna i dina videor?"

"Kanske. Det var det den här resan var till för. Tyvärr blev han upptagen och jag kan inte hjälpa honom. Men som tur är är du här."

"Är du otrogen mot mig?"

"Nej. Det är han inte. Jag kan säga att han inte gör det. Men han är nära det. Sexet du ger är otillräckligt för en man som han."

"Vad jag måste göra?" frågade Rachel.

"Gör som jag säger till dig. Klä dig som jag sa till dig. Sug hans kuk som jag lärde dig. Jag förväntar mig faktiskt att du ger honom en avsugning varje morgon innan jobbet, och igen när han kommer hem. Det finns inga ursäkter för att inte gör det."

Rachel nickade på huvudet.

"Jag kan göra det."

"Men det finns fortfarande mer att lära. Oralsex löser inte allt, tro det eller ej."

"Och vad är det?"

Samantha gav honom en slug blick.

"Vi får ta reda på det efter frukost."

KAPITEL 12

Det fanns en märkbar spänning i luften när Rachel följde efter Samantha in i ett privat rum i herrgården.

Rummet hade enkla väggar och enkla möbler.

Det fanns en liten säng bara två fot hög.

Sängen var helt enkelt täckt, inga filtar eller kuddar, bara ett lakan.

"Låt oss inte slösa tid," sa Samantha. "Din man vill ha en undergiven kvinna. Innerst inne tror jag att du längtar efter en dominerande sexfigur."

"Jag håller inte med", sa Rachel bestämt.

"Åh?"

"Jag tror inte att Roger vill ha mig på det sättet. Och jag har verkligen mina gränser. Jag har alltid känt att en ordentlig relation bygger på jämlikhet."

"Även under sex?"

"Ja."

Samantha slickade sina läppar.

"Du har mycket att lära dig idag."

"Jag ska hålla ett öppet sinne för vad du föreslår."

Samantha nickade.

"Jag tog med dig hit av en specifik anledning. Det här är ett rum för nybörjare. Du är inte redo för slaveriet ännu."

"Låter skrämmande."

"Skrämmande på ett bra sätt. Men tills vidare kommer vi att hålla fast vid det här rummet eftersom det är lätt att städa upp efter en röra."

"Vad ska det betyda?" frågade Rachel.

"Det betyder att jag kommer att få dig att komma. På rätt sätt. Jag ska visa dig hur en riktig orgasm känns."

"Samantha, jag uppskattar allt du gör för mig, men jag tror verkligen inte att det är nödvändigt."

"Självklart gör jag det", svarade Samantha bestämt. "Du kan inte bli en sann undergiven om du inte har känt njutningen av det . Vi kommer att börja långsamt. Jag kommer att hjälpa dig in i en ny livsstil."

Rachel slogs av ordet livsstil.

Saker och ting höll på att bli mer intressanta.

Och jag var nyfiken på vart saker tog vägen.

"Bra", svarade hon. "Jag kommer inte att argumentera. Jag kommer inte att klaga. Jag ska göra vad du ber om."

"Jag vill se din rumpa. Jag vill ha dig naken från midjan och ner. Lägg dig sedan på sängen. Håll fötterna på golvet."

Rachel var bekymrad över begäran.

Men hon gjorde det ändå eftersom hon hade sagt att hon skulle göra det utan att bråka.

Hon tog av sig allt, lämnade rumpan i luften och lade försiktigt sina kläder på sängen.

Nu stod hon med sin måttligt håriga buske utsatt för Samantha.

Sedan lade han sig på den lilla sängen med fötterna fortfarande på golvet.

"Du måste raka dig senare", sa Samantha och tittade på sitt könshår.

"Min man gillar det."

"Raka dig idag. Oroa dig inte, det kommer att växa ut igen."

Rachel himlade med ögonen.

"Uppenbar."

"Slå nu ut benen. Vidöppen."

Rachel gjorde det.

Hon spred sina ben och gav Samantha en fri sikt av sin fitta.

Hon kände sig osäker när hon visade sin mogna fitta för en vacker ung kvinna, men hon antog att det fanns ett syfte bakom allt detta.

"Glad nu?"

"Vacker fitta," uppskattade Samantha. "Det är gulligt."

"Ska du bara stå där och titta på det?"

"Självklart inte. Om du inte har något emot det, så ska jag knyta dina ben vid sängen innan jag får dig att sperma. Slappna av, jag lovar att du kommer att njuta av det."

Samantha sträckte sig under sängen efter något och drog ut ett rep som hon använde för att binda Rachels vrister vid sängens motsatta stolpar.

Han gjorde allt med sakkunnig precision.

Det var tydligt att Samantha var expert på rep och bondage.

När det var över, var Rachels ben utspridda i örnstil, bundna, och hennes fitta var vidöppen.

Ett högt surr ekade genom rummet.

"Vad i helvete är det?" frågade Rachel och tittade på Samantha.

Samantha höll upp en stor vibrerande sexleksak som såg ut och lät som ett elverktyg.

Enheten hade en vibrerande topp avsedd att stimulera en kvinnas klitoris.

"Det här kommer att förändra ditt liv till det bättre. Slappna av nu."

Rachel låg storögd på sängen.

Saken kom mellan hennes ben.

Samantha såg ut som om hon skulle utföra en medicinsk procedur med den kraftiga vibrerande enheten.

Den vibrerande toppen fördes närmare den exponerade fittan.

Den kraftfulla vibratorn rörde vid toppen av Rachels klitoris.

" Aaahhhh !!!!" den mogna hemmafrun skrek av smärta.

Samantha drog sig undan ett ögonblick.

"Slappna av. Slappna av, älskling. Bara slappna av medan jag tar hand om dig."

Den kraftfulla vibrationen fördes tillbaka till klitoris.

Rachel skrek igen.

Hon kunde ha bett Samantha att sluta.

Hon kunde ha satt sig upp och knuffat Samantha.

Hon kunde ha kämpat.

Men det gjorde hon inte.

Rachel la sig helt enkelt tillbaka på sängen och absorberade den intensiva stimuleringen.

Även om det var smärtsamt fanns det också en liten glitra av njutning.

Nöjet växte och växte.

Rachel fortsatte att vara upprörd, men försökte slappna av i kroppen.

Hon accepterade den kraftfulla känslan.

Benen ryckte och kämpade mot repet, men det var ingen idé.

Hans ben kunde inte röra sig.

Känslan i hans kropp var i konflikt.

Hon ville göra motstånd, men hon ville också låta känslorna flöda.

Hon fortsatte att stöna och slänga och vända på sängen.

Samantha tryckte handflatan mot husfruns kropp.

Sedan tryckte hon den vibrerande sexapparaten hårt mot sin klitoris.

Stimuleringen var overklig.

Den mogna hemmafrun skrek av vånda och njutning.

Hans ben kämpade mot repet med all kraft.

Det var en förlorad kamp.

När Samantha förde in två fingrar i sin fitta och rörde sig in och ut, kom Rachel.

Hon sprang och sprang.

Hon sprutade och sprutade sina juicer.

Det var en våt orgasm som gjorde en riktig röra överallt.

Rachels rygg krökte sig våldsamt.

Hans tår krökte sig.

Han gjorde konstiga miner samtidigt som han var nästan oigenkännlig ett tag.

Sedan blev hans kropp helt slapp.

Samantha stängde av enheten och log mot sitt arbete.

Han sänkte apparaten och knöt upp husfruns fotleder.

Hon satte sig på sängen och gnuggade Rachels hår och noterade hur vacker hon såg ut.

"Kämpa inte för att prata ännu," sa Samantha och gnuggade fortfarande Rachels hår. "Slappna bara av. Njut av din lycka. Jag är säker på att din klitoris måste ha ont just nu."

Rachel nickade.

"Ja."

"Vila. Låt din klitoris återhämta sig. Vi fortsätter träningen senare idag."

Samantha lutade sig in för att kyssa Rachel på pannan, sedan på kinden och sedan på läpparna.

KAPITEL 13

Tiden gick utan brådska.

De åt lunch tillsammans och pratade om vanliga saker.

En vänskap växte mellan dem.

Ämnet sex hade inte kommit upp igen, och Rachels klitoris hade tillräckligt med tid att läka från det vibrerande anfallet.

Rachel tog en tupplur mitt på eftermiddagen och när hon vaknade låg det en vacker svart klänning på hennes säng.

Ett par högklackade skor låg också på sängen.

Det fanns en handskriven lapp ovanpå klänningen.

På lappen stod det:

"Ta en skön, lång dusch. Smink sedan som jag lärde dig. Och sen på klänningen och klackarna utan något annat under.

Vi träffas på nedervåningen i bondagerummet klockan sex. Dörren kommer att låsas upp."

Anteckningen var undertecknad av Samantha.

Det pirrade mellan hennes ben.

Rachel reste sig ur sängen och tog en dusch.

Hon torkade sig och tittade på sin nakna reflektion i spegeln innan hon sminkade sig.

Hon applicerade varje kosmetisk produkt precis som Samantha hade lärt henne.

Rachel bytte till sin klänning framför sovrumsspegeln.

Klänningen var elegant och sexig.

Hon förundrades över sin spegelbild.

Hon verkade vara en väldigt annorlunda kvinna.

***

Han gick ner precis vid sextiden på kvällen och gick sedan ner i korridoren.

Det var lätt att ta reda på var träldomsrummet låg.

Det var det enda rummet i herrgården där dörren alltid var stängd.

Nu stod dörren öppen och verkade ringa henne.

Bondagerummet såg tråkigt ut jämfört med resten av huset.

Det var en genomsnittlig storlek rum med ingenting av värde.

Det fanns några bord och stolar.

Det fanns andra intressanta föremål som ett rep som hängde i taket och konstiga enheter som verkade grova.

Rachel gick in i rummet och lät hennes ögon ströva över det.

Förväntan växte.

"Var det här vad du förväntade dig?" Samanthas röst sa bakifrån.

Rachel vände sig om för att se Samantha klädd i en röd läderkorsett och svarta stövlar.

Hon visade upp sina tonade armar och ben och håret drogs tillbaka.

Hon var klädd som en riktig dominatrix.

Samantha stängde sedan dörren.

"Jag förväntade mig lite mer, om jag ska vara ärlig," sa Rachel och gömde sina nerver.

"De flesta förväntar sig mer av mitt träldomsrum. Men jag föredrar enkelhet. Jag gillar att ha den där överraskningsmomentet."

"Vad menar du?"

"Jag gillar att folk underskattar det här rummet," log Samantha. "Dessutom är det irrelevant vilken typ av leksaker och apparater som används. Det är viljan att underkasta sig, och den dominerande makten över den undergivna, som skapar en bra erotisk BDSM-relation. Inte leksakerna."

Rachels händer gjorde en gest mot rummet.

"Ändå är vi här."

"Förstå mig inte fel", sa Samantha och gick fram till husfrun. "Jag älskar att använda leksaker. Och jag älskar också rep. De förstärker min makt över undergivna på så många sätt."

"Vad ska du göra med mig?"

Samanthas ögon såg upp och ner på hemmafrun.

"Jag glömde nämna hur vacker du ser ut i den klänningen. Den passar dig perfekt, visar upp alla dina kurvor. Och ditt smink, jag är imponerad. Du lär dig snabbt."

"Tack. Du ser...umm...attraktiv ut i den där outfiten."

"Jag försöker alltid se mitt bästa ut."

"Så vad ska du göra med mig?" frågade Rachel igen, nästan desperat att veta.

Samantha klev fram och förde sina läppar mot hemmafruns öra.

"Jag ska binda upp dig," sa Samantha mjukt. "Då ska jag få dig att komma om och om igen. Du tillhör din man. Men ikväll tillhör du mig. Din fitta tillhör mig. Och dina orgasmer tillhör mig också."

Rachels ögon vidgades.

"Åh. jag... öh..."

"Jag antar att Roger aldrig har bundit dig."

"Aldrig."

"Perfekt. Jag älskar att vara någons första. Håll still."

Rachel stod blygt stilla i sin dyra klänning när hon såg Samantha vända en enhet på väggen.

Repet som dinglade från taket sänktes ner till där Rachel var.

"Ska du binda mig med det?" frågade Rachel.

"Är något fel?"

Rachel skakade nervöst på huvudet.

"Nej."

"Bra. Ge mig nu dina dockor."

Samantha använde det mjuka repet och band skickligt Rachels handleder.

Knuten var tät.

Rachels händer var bundna.

Han gjorde inget motstånd.

När hon väl fäste repet på det gick Samantha tillbaka till väggen och vände enheten i motsatt riktning.

Detta fick Rachels händer att gå upp över hennes huvud.

Inget är för smärtsamt, men tillräckligt för att Rachel inte ska kunna röra sig.

"Bekväm?" frågade Samantha med ett halvt leende.

Rachel nästan darrade när hon stod med händerna bundna ovanför huvudet.

"Mina handleder gjorde ont."

"Det gör ont för att du bråkar. Slappna av. Ge dig själv till mig."

Samantha öppnade en närliggande låda och sträckte sig in.

Han drog fram en kniv och gick sakta mot Rachel med ett elakt leende och viftade runt med det vassa föremålet.

"Herregud!" Rachel flämtade av rädsla och trodde att något hemskt skulle hända. "Snälla nej! Min Gud! Min Gud!"

"Var inte dum. Jag tänker inte skada dig. Tja, inte på det dåliga sättet."

Samantha förde kniven till toppen av Rachels klänning.

Hon klippte sedan nedåt och delade klänningen på mitten.

Samantha lade kniven på ett närliggande bord, öppnade sedan toppen av klänningen och avslöjade Rachels två runda bröst.

"Du ser ut som en riktig slampa nu," log Samantha. "Snörj smink, vackert hår, dyra klackar och en trasig klänning som avslöjar dina gamla hängiga bröst. Alla tecken på en slampa. Håller du inte med?"

Rachel nickade nervöst.

"Ja."

"Jag följer alltid fyratumsregeln. Säg mig, hur stor är din mans penis?"

"Omkring fem tum," erkände Rachel.

"Rogers är fem tum lång, så jag lägger till ytterligare fyra tum. Vilket är totalt nio tum."

Samantha öppnade en annan låda för att plocka upp en nio-tums dildo.

Hon tittade på den och förundrades över storleken.

Hon satte sedan en rem runt grenen och satte på 10 tums dildon.

"Ska du stoppa in det i mig?" frågade Rachel nervöst.

"Jag ska knulla dig med det där", svarade Samantha och applicerade smörjning på sexobjektet. "Har du någonsin haft sex stående?"

"Nej."

"Ännu en första gång."

Samantha stod framför Rachel.

De stod ansikte mot ansikte, bara centimeter från varandra.

Samantha var trygg och lugn.

Rachel var ett nervvrak.

Sexuell spänning låg i luften.

Samantha lutade sig fram och gav Rachel en stor kyss på läpparna.

Det var smidigt till en början.

Då mer passionerad.

Sedan blev det grövre.

Samantha bet försiktigt Rachels underläpp.

De fortsatte sedan att tungkyssas.

När de kysstes sträckte sig Samantha ner och lyfte upp Rachels klänning.

Hon ledde sedan spetsen på den fastslipade kuken till Rachels läppar.

Rachel spred sina ben när hon stod.

Dildon var riktad mot hennes fitta.

"Jag ska penetrera dig nu", viskade Samantha i Rachels öra.

"Var försiktig."

"Nej", viskade Samantha.

När de två kvinnorna förblev sammanflätade gav Samantha en stark stöt och gick in i Rachels fitta, vilket orsakade ett hörbart flämtande.

Samantha gav en ny knuff och gick djupare.

Det sexuella föremålet blev djupare.

Vid ett tillfälle var det nio tum stora sexobjektet helt begravt inuti fittan.

Rachel stönade och hennes ben skakade.

Samantha visade sin fysiska styrka genom att bestämt ta tag i Rachels båda lår i luften.

Rachel var helt från marken, hennes händer dinglade från repet i taket.

Hennes fötter och klackar svängde vilt med Samantha som höll om hennes ben.

"Kämpa inte", sa Samantha och höll upp husfrun i luften. "Ju mer du kämpar, desto mer gör det ont. Ge efter för mig."

Samantha lutade sig bakåt och gav ytterligare en hård stöt och tryckte in dildon längre in i hennes fitta.

Samanthas händer höll ett stadigt lås på Rachels ben.

Rachel hängde i luften när dominatrisen kom in i henne.

De var jävla.

De tittade in i varandras ögon.

Rachel grät och grät.

Men hon sa aldrig åt Samantha att sluta.

Hon vågade inte, men hon ville inte heller.

Det var en del av träningen, och det började kännas bra när hans kropp anpassade sig till storleken.

Hans hår var rörigt, liksom hans fötter.

Hon gillade att bli knullad av Samantha.

Hans kropp brann.

Rachels handleder värkte.

Huden runt hennes handleder blev mörkröd när hennes kropp hängde i luften.

Men smärtan i hennes handleder var ingenting jämfört med känslan hennes fitta kände.

Den stora sexleksaken stimulerade nerver inuti hennes fitta som hon aldrig visste fanns.

Puffarna fortsatte.

Hon skrek och skrek.

Hon grät och grät.

Hon stönade och stönade.

"Kom och hämta mig", sa Samantha och tittade på husfrun med nöje. "Kom och hämta mig, din smutsiga gamla hora."

Rachel tryckte på sina höfter.

"Jag är inte gammal!"

En orgasm slet genom hennes kropp.

Rachel skrek till fullo.

Hans rygg krökte sig våldsamt.

Hon slängde de högklackade skorna över rummet.

Rachels fittvätskor stänkte överallt och lämnade ett seriöst jobb för städerskan.

När orgasmen avtog rullade Rachels ögon tillbaka och hennes kropp slappnade av.

Samantha släppte sin famn och Rachel dinglade i ett nästan dystert tillstånd från repet runt hennes handleder.

Samantha sänkte repet och Rachels halvmedvetna kropp låg på golvet i en pöl av hennes egna varma juicer.

När Rachel kunde öppna ögonen såg hon hur Samantha tog av sig sin korsett och lämnade sig själv helt naken.

Rachel kunde inte låta bli att avundas Samanthas perfekta nakna kropp.

Samantha satt på golvet och lekte med Rachels hår.

"Roger har turen att ha en orgasmisk slampa som du," log Samantha helt naken.

"Jag har aldrig kommit så här förut. Aldrig."

"Jag är glad att jag var till tjänst för dig. Men kom ihåg, jag är dominatrisen, du är subben. Det här är för mitt nöje, inte ditt. Och hittills har jag inte kommit ännu."

Rachel höjde på ögonbrynet.

"Vad har du i åtanke?"

"Har du någonsin ätit en fitta?"

"Nej."

"Vilken oskuld du är i allt. Kryp mot mig. Lägg ditt ansikte mellan mina ben."

Rachel gjorde vad hon blev tillsagd att göra.

Han kröp tills hans ansikte var centimeter från hennes fitta.

"Kyss mina läppar", befallde Samantha och syftade på sin egen slida. "Jag älskar att bli kysst."

Rachel följde och kysste det yttre lagret av Samanthas renrakade fitta.

"Slicka den som en klubba. Stick sedan in tungan som om du inte ätit på flera dagar."

Rachel följde order, slickade hennes fitta och smakade på de yttre vätskorna.

Hans tunga kände varje punkt på läpparna.

Sedan stack han in tungan, slickade och sög.

Det var första gången hon ätit en fitta, och hon insåg att det smakade gott.

"Det är bra," stönade Samantha. "Fortsätt så. Fortsätt slicka som en bra kisse."

Den en gång så ödmjuka, primiliga och ordentliga hemmafrun hade snabbt blivit en expert på slidätare.

Hon slickade och sög entusiastiskt.

Hans tunga strök upp och ner.

Ögonblick senare kom Samantha med ett högt rop.

Hennes ben darrade, sedan slappnade hon av.

Samanthas ögon lyste upp.

"Herregud. Vem visste att du kunde göra det så naturligt?"

Rachel log och vilade sitt huvud på Samanthas lår.

"Du vet väl".

"Så du tycker?" frågade Samantha retoriskt.

Rachel kysste dominatrisens lår.

"Ja."

De två kvinnorna fortsatte sin stund av ömsesidig tröst.

Rachel slöt ögonen och vilade sitt huvud på dominatrisens lår igen.

Samantha tittade på den vackra hemmafrun och strök henne över håret.

KAPITEL 14

Dagar efter.

Efter att ha hämtat sitt bagage skjutsade Rachel en vagn med två resväskor inuti: en med sina vanliga kläder och den andra med de Samantha hade gett henne.

Hon såg sin man vänta utanför.

Stora leenden kom tillbaka.

Roger var glad över att se sin fru så väl solbränd och avslappnad.

Han sprang till Rachel.

Hon stannade vagnen och gav honom en stor kvävande kram.

Det var ett speciellt ögonblick.

Hon ville att den dagen skulle bli en ny början för deras äktenskap.

"Jag saknade dig så mycket," sa Roger.

Rachel satte sina läppar mot hans öra och viskade, "Du ska ta mig hem och binda mig vid sängen i rummet. Sedan ska du trycka ner din kuk i halsen på mig. Och sedan ska du knulla jag. Förstått?"

Han tog ett steg tillbaka för att se ordentligt på sin fru, chockad av hennes fula språk.

Det glittrade speciellt i Rachels ögon.

en hunger

En lust.

Roger insåg att hans fru var en annan kvinna.

Roger nickade och accepterade inbjudan.

Rachel log och gav honom en kyss.

SLUTET

Don't miss out!

Visit the website below and you can sign up to receive emails whenever Erika Sanders publishes a new book. There's no charge and no obligation.

https://books2read.com/r/B-A-IGGS-XSRNC

BOOKS 2 READ

Connecting independent readers to independent writers.

www.ingramcontent.com/pod-product-compliance
Lightning Source LLC
Chambersburg PA
CBHW051306160726
47994CB00003B/1337